Italo Svevo

Le teorie del conte Alberto

Texte et illustration de couverture : © domaine public
Edition : Culturea (Hérault, 34)
Contact : infos@culturea.fr
Retrouvez notre catalogue sur http://culturea.fr
Imprimé en Allemagne par Books on Demand
Design typographique : Derek Murphy
Layout : Reedsy (https://reedsy.com/)

Dépôt légal : janvier 2023

ISBN : 9791041846948

Scherzo drammatico in due atti

PERSONAGGI

ALBERTO, conte di Wolfenbüttel

LORENZO MIGLIORI

ANTONIO DR. REDELLA, professore di scienze naturali e medico

ELVIRA TERMIGLI

ANNA, sua figlia

L'azione si svolge in una stanza decorosamente ammobiliata con porta di fondo ed altra a sinistra dello spettatore.

ATTO PRIMO

SCENA PRIMA

ANNA e LORENZO MIGLIORI

LORENZO   E come sta la mamma?

ANNA È di là con la sarta. Mamma! mamma! è giunto Lorenzo.

SCENA SECONDA

ELVIRA TERMIGLI e DETTI

ELVIRA   Vuoi dire il Signor Lorenzo?

LORENZO   Signora, come sta? (Le bacia la mano.)

ELVIRA   Si potrebbe star meglio di molto...

LORENZO   In quanto a salute mi pare che stia benissimo. La vedo rossa e bianca come un fiore.

ELVIRA   Piú bianca però che rossa nevvero? E lei signor Migliori?

LORENZO   Io sto benone.

ELVIRA   Beato lei!

LORENZO   Cosa le manca da farla sospirare a questo modo?

ELVIRA   Nulla, si diventa vecchi. È già un male.

LORENZO   È peggio però esserlo che diventarlo. Io non sospiro piú già da lungo tempo.

ANNA Ed hai fatto un bel viaggio?

LORENZO   Non c'è male. Ho avuto un poco di scirocco nel Quarnero che mi ha rimescolato le budella, del resto tempo ammirabile.

ELVIRA   A lei proprio piace quel plebeo tu che le dà Anna?

LORENZO   (calorosamente). La prego di non occuparsi del modo con cui mi tratta Anna. Lei mi tratti come vuole e vede che con lei faccio tutte le cerimonie che desidera; la prima volta però che Anna mi dà del lei io non ripongo piú piede in questa casa.

ELVIRA   Eh! via! è una semplice questione di etichetta ed io non insisto. Non so però come questo tu tra loro sia nato e nemmeno perché!

ANNA (abbracciando Lorenzo). Io lo so!

ELVIRA   (indignata volge altrove lo sguardo). Mi pare anche che si possa parlare senza abbracciarsi!

LORENZO   (ridendo). Si può parlare e abbracciarsi.

ELVIRA   Parliamo d'altro. (Li guarda e vede che Anna ha ancora un braccio al collo di Lorenzo.) La finirai? (Quando Anna ha levato il braccio.) Nella sua assenza sono avvenuti fatti gravi.

LORENZO   Gravi?

ELVIRA   Gravissimi.

ANNA Gravissimi.

ELVIRA   Anna! Va' di là a metterti un poco in ordine che non sei troppo bene vestita.

ANNA Ma se non occorre. Questo è il vestito nuovo.

ELVIRA   Allora va' a riporre il vecchio.

ANNA Vuoi mandarmi via? Ma se tutte le cose che hai da raccontargli, le so anch'io.

LORENZO   Perché la manda via appena sono giunto?

ELVIRA   (con violenza). Insomma vuoi andartene?

ANNA Vado, vado! (Via.)

SCENA TERZA

ELVIRA e LORENZO

ELVIRA (ancora con dignità). Vegga signor Migliori se la ragazza non si è soffermata ad origliare.

LORENZO Chi crede lei che sia Anna? (Spalanca la porta.) Come vede se ne è andata.

ELVIRA (cambiando tono). No, cosí proprio non la può andare avanti. Tu entri in casa mia come se fossi il padrone; impedisci ad Anna di ubbidirmi, e ti fai dare del tu. E non è la prima volta che ti dico che io non lo voglio.

LORENZO So che me lo hai detto anche altre volte, io ho buona memoria, ma semplicemente ti ho detto che io lo voglio invece. Sii tanto compiacente da non far storie. Non so, ma di giorno in giorno tu diventi piú bisbetica, piú antipatica.

ELVIRA Grazie; a te non mi importa di riuscire simpatica.

LORENZO No? (Ridendo.) Quell'abito ti sta magnificamente. È la prima volta che te lo vedo indosso.

ELVIRA (se lo guarda un istante, poi un poco confusa). Conosci tu un certo Alberto conte di Wolfenbüttel?

LORENZO Certamente, è mio buon amico.

ELVIRA Fa la corte ad Anna.

LORENZO (giulivo). Sul serio?

ELVIRA Perché ti desta tanta sorpresa?

LORENZO Ma sarebbe un'immensa fortuna per Anna.

ELVIRA Basta che c'intendiamo. Io parlo del conte Alberto di Wolfenbüttel.

LORENZO Ho capito! Wolfenbüttel.

ELVIRA Alberto?

LORENZO Alberto, sí, sí. Non ce n'è che uno.

ELVIRA E dici che sarebbe una fortuna?

LORENZO Altro che fortuna. Ma non era promesso sposo alla contessina Armeni di Venezia?

ELVIRA Io non so! A me appare un matto od un traditore.

LORENZO Perché?

5

ELVIRA   Figurati che appena partito tu, un mese fa, si fece presentare in casa da Emilio Chieti. Dopo, Chieti ci raccontò che anche a lui il conte era stato presentato un'ora prima e che lo aveva quasi costretto a condurlo qui da noi. Il giorno dopo venne alle quattro a trovarci; rimase un'ora e ritornò alle sette. Io lo trattai con freddezza ma Anna lo accolse benissimo. Il giorno susseguente venne anche due volte; la prima come se fosse naturale, la seconda scusandosi, figurati che fu per distrazione. Voleva andare dai Millini che abitano fuori di città. (Lorenzo ride.) Cosa si poteva fare? Io non lo conosceva e lo trattava freddamente. Pareva non se ne accorgesse. Da allora regolarmente venne due volte al giorno meno due giorni. Uno perché rimase una volta sola sei ore.

LORENZO   Oh! diavolo!

ELVIRA   Si fece invitare a pranzo, (rabbiosamente) si fece, capisci. L'altro, condussi per forza via Anna alle tre e mezza sapendo che lui doveva venire alle quattro.

LORENZO   Per forza?

ELVIRA   Io credo che in un solo mese con questo metodo è arrivato a sconvolgerle la testa. Era inutile che io le dicessi che non si illuda che costui era un birbante o un matto. Quando sapeva che lui aveva da venire la coglieva la febbre. Prese un'infreddatura a stare a guardarlo dalla finestra perché lui non contento di ciarlarle qui per ore ed ore le passeggia sotto le finestre. Ella non mi abbada quando le dico che si capisce che costui non ha intenzioni oneste per quanto assuma l'aspetto di uomo franco.

LORENZO   Ed Alberto ti ha già chiesto la sua mano?

ELVIRA   Non ha mai parlato su tale proposito.

LORENZO   Scommetto che sa che io sono tutore di Anna ed attende per questo il mio ritorno.

ELVIRA   E tu accoglierai le sue proposte?

LORENZO   Non solamente le accoglierò ma lo inviterò a spiegarsi. Io sono da lunghi anni suo buon amico.

SCENA QUARTA

ANNA e DETTI

ANNA Hai inteso, Lorenzo?

LORENZO   (ridendo). Le mie più sincere congratulazioni!

ANNA È un po' troppo presto.

LORENZO   Io conosco Alberto. C'è già da congratularsene. È proprio l'uomo che ci voleva. Senza pregiudizi di casta o altri. Ma tu lo conoscevi già prima?

ANNA (ridendo). Mai visto prima. Io era giunta il giorno innanzi dal collegio. (Guardando l'orologio.) Vuoi vedere come io lo evoco? Come basta che io lo desideri acciocché compaia?

ELVIRA   Bella bravura, sai che viene.

ANNA Ma non rovinarmi lo scherzo! Sta a vedere Lorenzo. (Forza Lorenzo a sedersi con la schiena rivolta alla porta di entrata, dopo chiude gli occhi.) Adesso io con gli occhi dell'anima lo vedo frettoloso sortire dai Volti di Chiozza. Eccolo. Ha già passato la via Chiozza perché dopo data una occhiata all'oriuolo si mette a correre. Distratto come è si è messo a camminare a destra dell'Acquedotto mentre la nostra casa è a sinistra. Fa correndo la traversata. Alza un momento il naso per vedere se c'è qualcuno alla finestra, poi entra in portone. (Fa una piccola pausa.) Eccolo! Uno! Due! Tre! (Lorenzo e Elvira si voltano e scoppiano a ridere non vedendo nessuno; Anna va a vedere fuori della porta.) Non c'è nessuno! Eppure sono già le quattro passate!

LORENZO   Ma come sai che viene cosí esattamente?

ANNA È perché è occupato fino alle quattro e che quando non è occupato viene qui.

LORENZO   Non badarci se ritarda di qualche istante e raccontami di che cosa parlate quando siete insieme.

ELVIRA   Scommetto che, saputo da lui il ritorno del tutore, non sentiremo piú parlare del signor conte.

ANNA Oh! cosa che dice! La senti? È sempre cosí!

LORENZO   Non badarle!

ELVIRA   Come non badarle?

LORENZO   Non badarle e raccontami di che cosa parlate quando siete soli.

ANNA Soli non siamo mai; c'è sempre mamma.

LORENZO   (facendo un complimento ad Elvira ed un poco sorpreso). I miei complimenti! Non c'è male!

ANNA Eppoi è difficile dire di ciò che parliamo. Ah! bravo! Mi parla anche di scienza.

LORENZO   Sí, ma piú d'altro probabilmente.

ANNA No, sul serio, piú di scienza, anche troppo. Qualche volta mi pare di avere dinanzi qualche professore del collegio travestito. Lui è professore.

SCENA QUINTA

ALBERTO e DETTI

ALBERTO   Ma cattivo professore.

ANNA Tardivo!

ALBERTO   Vale la pena esserlo per venirne rimproverato. Signora! Sapeva che eri giunto,

Lorenzo! Come va? (Si stringono la mano.)

LORENZO   Che avessi ritardato per questo?

ALBERTO   Ero in gabinetto di chimica e dovetti attendere l'esito di una reazione. Tu sei di ritorno dalla Dalmazia?

LORENZO   Sí, vi ero per affari. Non fui poco gradevolmente sorpreso sentendo che eri tanto assiduo qui.

ALBERTO   Non poco gradevolmente o non poco sorpreso? (Accentuando.) Io invece non sono sorpreso ma molto soddisfatto che tu sia di ritorno.

LORENZO   Grazie! (Si stringono ridendo di cuore la mano.) E perché non venivi piú a trovarmi?

ALBERTO   Sai che io volentieri non faccio visite!

ELVIRA   Bravo!

ALBERTO   Quando poi ho il piú lontano sospetto di disturbare non entrerei piú in una casa a nessun prezzo.

LORENZO   Ma da me non disturbavi!

ALBERTO   Vi era però sempre gente che parlava di affari, di cose in cui io non poteva entrare e quando io voleva incamminare un discorso a modo mio mi guardavano tutti con occhi che significavano: Seccatore.

LORENZO   Qui invece parlano tutti di scienza!

ALBERTO   Ah! la signorina Anna si occupa molto volentieri di cose scientifiche. Quando io gliene parlo mi sta ad ascoltare con attenzione; naturalmente scelgo le parti piú interessanti. (Lorenzo ride.)

ANNA (un poco imbarazzata). Davvero che mi diverto.

LORENZO   Oh! te lo credo!

ALBERTO   Le ho spiegato le osservazioni di Lubbock sulle formiche e tante altre belle cose; la polarizzazione dello zucchero. Abbiamo fatto anche degli esperimenti insieme. Abbiamo con delle pile disciolto almeno un bicchiere di acqua. Abbiamo esaminato un suo capello sotto il microscopio. Non era bello?

ANNA (a Lorenzo). Se sapessi quante cose che esistono e che solitamente non si vedono.

ALBERTO   Senti! Non è un'osservazione profonda?

ELVIRA   Ognuno sa che esistono delle cose che non si vedono. (Alzando le spalle.)

LORENZO   E talvolta non basta nemmeno il microscopio a scoprirle.

ALBERTO   (piano ad Anna). Sa perché sono tanto contento che sia ritornato il suo tutore?

ANNA Eh! per vederlo! So che erano sempre amici!

ALBERTO   Anche! Anche! Non c'è dubbio, ma... (Le parla in orecchio.)

ELVIRA   (a Lorenzo). Veda se non è una sfrontatezza.

ANNA (dà un grido di gioja). Ah!

ELVIRA   Le ha pestato un piede?

ALBERTO   No, ho raccontato alla signorina una novità che l'ha molto sorpresa.

ANNA No! sorpresa no!

LORENZO   Hai intenzione di stabilirti per sempre qui? Una volta dicevi che non avresti mai piú potuto abbandonare la vita nomade!

ALBERTO   E adesso dico forse il contrario? Vedremo! Io non sono veramente nomade per proposito. Quando una città non sa piú mostrarmi nulla di nuovo me ne vado semplicemente in un'altra. Lei signorina per esempio abbandonerebbe con molto dispiacere questa città?

ANNA Non con troppo piacere. (Quasi correggendosi.) Ma però so che facilmente ci si abitua a qualunque luogo.

ALBERTO   (parla sottovoce ad Anna).

ELVIRA   (a Lorenzo). Vedi che qui vengo considerata quale l'ultima ruota del carro? Nemmeno si accorgono che sono qui! E cosí ogni giorno, sai!

LORENZO   Questo è molto naturale!

ELVIRA   Naturale a te sembra? Allora rimani tu a fare loro la guardia! Dopo mi racconterai se ti sei divertito. (Via.)

ANNA Perché se ne è andata mamma?

LORENZO   È un poco offesa che quando è qui non le rivolgete affatto la parola a quanto essa dice.

ANNA Ma se parliamo continuamente con essa!

LORENZO   Pare di no, o che altrimenti non si lagnerebbe! Del resto è il puntiglio del momento che passerà presto!

ANNA Ho da andare a prenderla? Con due buone parole la rappacifico. Si irrita facilmente ma altrettanto facilmente si quieta. Con permesso! (Via.)

SCENA SESTA

ALBERTO e LORENZO

ALBERTO   Benedetta colei che in te s'incinse.

LORENZO   Dunque?

ALBERTO   Ah! Lorenzo! Lorenzo! Se avessi un microscopio onde riporla tutta sotto.

LORENZO   Per che farne?

ALBERTO   Onde centuplicarla!

LORENZO   Non ti basta cosí?

ALBERTO   Intanto voglio quanto c'è! Te la domando ufficialmente in sposa. Non ho alcun parente che potesse farlo per me. Qui nemmeno amici piú intimi. Scusami se non è fatto con tutte le formole dell'etichetta ma è fatto con tutto il cuore.

LORENZO   Io non ci ho nulla in contrario. Ma però una domanda! Da quanto tempo conosci la mia pupilla?

ALBERTO   Da un mese.

LORENZO   E sei già tanto sicuro di lei, di te, da legarti per tutta la vita.

ALBERTO   Sicurissimo! Sono stati trenta giorni bene impiegati. Non sono mica un ragazzo! Con tutto l'amore che ho qui (mostra il cuore) qui (tocca la fronte) è tutto freddo, tranquillo; io penso come pensai sempre dinanzi a tutte le manifestazioni della vita. Ho calcolato tutto con tanta freddezza come se il caso non fosse mio.

LORENZO   Davvero che non parrebbe. Io, ecco, non vorrei prestarmi ad un passo inconsiderato che potrebbe riuscir fatale a te ed anche ad Anna.

ALBERTO   Ad Anna? In quale modo?

LORENZO   Se tu ti pentissi Anna non sarebbe la piú felice delle donne.

ALBERTO   Credi alla mia parola di onore? Ebbene, ti dò la mia parola di onore che dacché ho il lume di ragione qui entro (mostra la fronte) non mi sono mai pentito.

LORENZO   Perché accettavi i fatti compiuti con la rassegnazione di uomo educato.

ALBERTO   No, ma semplicemente perché dei fatti da me compiuti non c'era mai da pentirsi.

LORENZO   Ah!

ALBERTO   Ne dubiti?

LORENZO   Tu che sei naturalista dovresti sapere che questa qualità di cui ti vanti è propria soltanto alle bestie che sono perfette ed infallibili.

ALBERTO   Io non pretendo di essere infallibile ma è un fatto che nelle principali occasioni della mia vita quando precisamente si trattava di decidere di cose importanti decisive io ho dimostrato una chiaroveggenza incredibile. Guarda persino in tenerissima età. Sono nato a Dresda. Dodicenne ero debole tanto che si temeva per la mia vita. Un dottore ordinò di condurmi in clima piú mite e mia madre della quale io era l'unico amore mi condusse a Sorrento. In un anno mi fortificai tanto che si pensava di ricondurmi in patria. Ma io no! Non so se fosse gratitudine alla terra che mi aveva donata la salute o piú semplicemente un istinto prodotto dall'organismo che si riposava in clima a lui adatto rifiutai e tanto tenacemente che costrinsi mia madre a rinunziare alla sua patria e rimanere in Italia con me. Non so se feci male ma se allora era cieco oggi lo sono di piú e ciò che feci fanciullo rifarei uomo. Sta poi a sentire come quanto sono lo debba a me solo. Ero ricco e avrei potuto vivere senza far nulla. Ma no. Mi ricordo ancora le idee che si svolgevano allora nella mente del fanciullo malaticcio. Erano tutte giuste, precise, ora le saprei formulare meglio ma non con piú tenacia porle ad esecuzione. In quella volta decisi di dedicarmi agli studi; la vera felicità della vita; in quella volta decisi di dedicarmi allo studio della scienza naturale, l'unico vero studio. Tutte scelte fatte che in modo piú giudizioso ora non saprei.

LORENZO   E l'istinto del ragazzo passò all'uomo?

ALBERTO   Piú raffinato e piú cauto.

LORENZO   E... scusa (ridendo.) la presunzione l'hai ereditata anche quella dal ragazzo?

ALBERTO   Ne ho io di presunzione? Io ti cito i fatti e le conseguenze che io ne traggo puoi trarle nel modo medesimo anche tu. Io non ti parlerò che di Anna. Era già prima felice, oh! tanto! tanto! ne avevo coscienza chiara ragionata. Ma nel medesimo tempo aveva anche coscienza che qualche cosa ancora mi mancava e che era precisamente tempo di aggiungere questo qualche cosa. Per strada persino io guardava fisso tutte le donne che incontrava. È quella che mi completerà? Uno sguardo era sufficiente a disilludermi. Avevo tanta fiducia nel mio sguardo che mi giurava che il giorno in cui l'avessi incontrata avrei saputo di averla incontrata e tanta fiducia nel mio buon destino che era certo che se io non fossi andato a lei, ella sarebbe venuta a me. Fu fortuna il primo incontro con Anna ma tutto il resto lo debbo a me stesso. Un mattino dovevo andare ad attendere un mio amico alla stazione. Sto per entrarvi quando mi ferma la vista di una figurina di donna appoggiata al pilastro della porta e che guardava verso il mare. Pareva che il caso le avesse imposta quella posizione onde la vedessi. Quello che a bella prima mi colpi fu un occhio splendido azzurro in cui brillava una gioja tranquilla, ma piú gioja che tranquillità come dai bimbi quello stupore allegro che manifestano dinanzi al creato. Il volto era perfettamente ovale e c'erano le due fossette sulle guancie. Il corpo era ben cresciuto da adulta quantunque mi fece ridere l'idea venutami non so su quali dati, e giusta, che dovevano essergli stati da poco levati gli abiti da ragazzina. La mano senza guanto era piccola e paffutella e attaccata ad un polso roseo e rotondo proprio da persona buona.

LORENZO   Piú da persona bella.

ALBERTO   Hai ragione buona e bella. L'istinto aveva parlato, sta ora a vedere cosa dirà la scienza pensai. Se fossi stato ancora dodicenne le sarei già allora saltato al collo; da vero uomo invece continuai ad osservare. Quasi a far strada al mio occhio la brezza denudò la fronte dai capelli, quella fronte che tu conosci magnifica con una leggerissima prominenza al di sopra del naso che lo rende concavo, cosa che osservai molto raramente in donne. Una vera corona. Era pettinata da scolara come per mio desiderio lo è ancora e le treccie legate intorno alla testa lasciavano vedere l'estremità della nuca ed indovinare i contorni di tutto il teschio. Vedi, Lorenzo, un altro al mio posto vedendo una ragazza sola avrebbe potuto malignare. Io invece indovinai subito che con quell'angolo facciale non si fa del male. Poco dopo che io l'aveva scorta sortisti tu dall'atrio. Io ti riconobbi ma non mi avvicinai temendo di seccarti. Ella si appoggiò al tuo braccio e vi avviaste. Io vi seguii calmo ma ancora cercando un piano onde potermi avvicinare. Oh! tu non sai il male che mi faceste decidendo tutto ad un tratto di salire in una carrozza di piazza. Di altre carrozze non ce n'erano lí attorno ed io poco abituato a correre diffidava delle mie forze. Pure, preso il cappello in mano onde non perderlo, mi vi ci misi ed ebbi fortuna perché il vostro ronzino quantunque per tale specie di cavalli avesse un passo assolutamente rapido, aveva la strana abitudine di esitare un momento prima di voltare strada, abitudine che io non ho. Per mia sfortuna vidi in quell'istante una carrozza. Vi saltai dentro ordinando di seguire quell'altra. Quell'asino di cocchiere mi lasciò un istante fare. Non aveva udito le mie parole e pensava: poi scese lentamente, aprí la porta con qualche stento e chiese: Dove ho da andare? Ti racconto tutto ciò per dimostrarti con quale rapidità io riconosca l'importanza delle cose e che non fu mia colpa se non mi presentai subito. Alla sera appresi che tu eri partito. Non mi scoraggiai. Andai da Guglielmo al quale chiesi con arte, chi poteva essere una giovinetta che vidi con te; mi disse essere tua pupilla e che certo Chieti la conosceva. Mi feci prima presentare a questo Chieti e lo costrinsi quasi a condurmi qui. Doveva fare una triste figura agli occhi di tutta questa gente, ma che m'importava? Io correva dietro alla mia felicità!

LORENZO   (ridendo). Che matto!

ALBERTO   Matto! matto! ma un matto che calcola, calcola, calcola, e di piú calcola bene.

LORENZO   Ma una volta sbagliasti!

ALBERTO   Quasi! Alludi alla contessina Armeni! Anzitutto io con essa non era giunto al punto a cui sono con Anna. Poi è stato una scoperta che naturalmente ha fatto cessare tutto. Mi affido alla tua discrezione. Figurati che ho scoperto nient'altro che la contessa Armeni era una poco di buono.

LORENZO   Ah! e per questo?

ALBERTO   Ti meraviglia?

LORENZO   Io ti credeva piú spregiudicato! Hai timore delle dicerie del mondo! (Imbarazzato.)

ALBERTO   Che mondo! Pregiudizi non ho e del parere degli altri non mi curo. Ma uso nella vita della scienza e questa mi dà la legge dell'eredità; il metodo piú sicuro per conoscere il carattere di un individuo è di raccogliere i dati che posso avere intorno al carattere dei genitori. (Simulando un brivido.) Brrr. Prima il brutto carattere trasfuso nel sangue, della madre stessa, poi l'aggiunta del carattere di non so chi...

LORENZO   E tu conosci i genitori di Anna?

ALBERTO   Se li conosco? So intanto che non hanno fatto nulla di male.

LORENZO   E come lo sai?

ALBERTO   Uuh! la fama me lo avrebbe riportato.

LORENZO   Naturalmente nel tuo gabinetto di chimica si sa tutto ciò che accade.

ALBERTO   Insomma tu sai qualche cosa di male? Io spero dalla tua franchezza che non mi nasconderesti nulla. Io debbo dirtelo: Se dopo legatomi apprendessi per esempio che la madre di Anna ha mancato ai suoi doveri, io non dormirei piú le mie notti tranquille. Al dover supporre in essa qualche difetto che ancora non avesse avuto agio a manifestarsi ma che per natura, per destino, dovrebbe comparire in essa o nei miei figliuoli a guastarmi la gioja della vita, io sarei infelicissimo.

LORENZO   Cosí che se io ti raccontassi di qualche colpa dei suoi genitori tu l'abbandoneresti?

ALBERTO   Oh! ma tu non lo puoi! Anna proviene da un tronco sano! Non può essere altrimenti.

LORENZO   Ma tu la abbandoneresti?

ALBERTO   Non ho precisamente per questo abbandonato la contessina Armeni?

LORENZO   Allora esci da questa casa!

ALBERTO   (spaventato). Lorenzo!

LORENZO   Povera la mia Anna! Oh! perché sono partito? Perché sono partito? Io subito te lo avrei raccontato ed avrei evitato questa onta! Ma a che cosa ti serve dunque la tua scienza tanto vantata se altri deve a forza aprirti gli occhi?

ALBERTO   Sarebbe ora che tu parlassi sai. Cosa mi dicono tutte queste esclamazioni? La signora Termigli dunque...

LORENZO   (con violenza). No, la signora Termigli non c'entra. Ma credi che io vorrò gettare l'onta su una famiglia confidando i suoi segreti a te, ora null'altro che un estraneo per essa?

ALBERTO   No, un estraneo non sono. Questi segreti che hanno da separare Anna da me mi appartengono, io li debbo conoscere.

LORENZO   Oh! Mai piú!

ALBERTO   Ma che ne sai tu se sono tali da indurmi ad abbandonarla?

LORENZO   (dopo un istante di esitazione). Il padre di Anna si suicidò in carcere.

ALBERTO   E per quale delitto vi fu posto?

LORENZO   Era commerciante e... fallí.

ALBERTO   Dolosamente?

LORENZO   Non aveva i suoi libri in regola.

ALBERTO   Oh! ma in allora! È una disgrazia e sarebbe meglio che non fosse avvenuta ma (ridendo) vedi che hai fatto bene a raccontarmela perché non varrà certamente a nuocere ai miei rapporti con Anna. Sono poveri, nevvero?

LORENZO   Non posseggono nulla!

ALBERTO   (stropicciandosi le mani). Fallire e rimanere povero e per di piú suicidarsi dimostra carattere puro, anzi. Mi avevi però fatto prendere una bella paura.

LORENZO   Ma il padre di Anna si rovinò col giuoco!

ALBERTO   Non è passione ereditaria e se mia moglie l'avrà (ridendo) giuocheremo la cricca
chioggiotta.

SCENA SETTIMA

ELVIRA e DETTI

ELVIRA   Non ha da venire a pranzo il dottor Redella?

ALBERTO   Oh! brava! Quasi me ne dimenticava! Gli ho promesso di andarlo a prendere al caffè!
(Guardando l'oriuolo.) Diavolo! sono in ritardo! Dove è Anna?

ELVIRA   Ho da chiamarla, Anna?

ANNA (dal di fuori). Vengo subito!

ALBERTO   (a Lorenzo). Senti che voce! Pare uno stradivario. (Ad Elvira.) Già ritorno subito e
non occorre che la saluti. A rivederci. (Via.)

ELVIRA   Te l'ha chiesta in sposa?

LORENZO   Sí, ma è un matrimonio impossibile.

ELVIRA   Lo sapeva bene io!

LORENZO   Sai di chi è la causa?

ELVIRA   Di chi?

LORENZO   Tua!

ELVIRA   Mia?

LORENZO   Egli non sposerà mai piú la figlia di una donna che... ha avuto degli amanti.

ELVIRA   E tu glielo hai raccontato?

LORENZO   No, ma ad ogni costo bisognerà rompere questo progetto di matrimonio.

ELVIRA   Ma io ne sono contentissima!

LORENZO   A te non importa nemmeno della felicità di tua figlia!

ELVIRA   Come puoi dire questo? Io sono contenta che si rompa questo matrimonio perché non
mi pare un buon marito per Anna.

LORENZO   Eh! tu te ne intendi!

SCENA OTTAVA

ANNA e DETTI

LORENZO   Senti Anna! Ho da parlarti!

ELVIRA   Verranno a pranzo?

LORENZO   Vedremo se potremo farne a meno!

ELVIRA   Va bene. (Via.)

ANNA Cosa dice mamma?

LORENZO   Senti Anna mia! Tu ami davvero il conte Alberto? In un mese quale amore può essersi formato nel tuo coricino?

ANNA Oh! non è coricino!

LORENZO   In proporzione all'età non può essere grande di molto.

ANNA Allora Lorenzo, credo sia sproporzionato all'età!

LORENZO   Davvero? E come lo sai?

ANNA Misurato non lo ho. Ma credimi deve essere grande.

LORENZO   Allora suppongo abbia forza bastante da sopportare qualunque dolore.

ANNA Quale dolore ho da sopportare?

LORENZO   Bisognerà rinunziare a veder piú il conte Alberto.

ANNA Tu scherzi?

LORENZO   Bada Anna che io non scherzo. Bisognerà rinunciare a vederlo. O lui o noi partiremo e cosí il nostro scopo sarà raggiunto. Il nostro scopo è di non vederlo piú. (Secco per nascondere la propria commozione.)

ANNA Ma perché, perché?

LORENZO   Sarebbe semplificata la cosa se tu non mi chiedessi altro. A che cosa possono servire spiegazioni? In parte non le comprenderesti, in parte sono inutili. Il fatto è questo: Questo matrimonio è impossibile.

ANNA Dimmi almeno questo. È lui che non mi vuole sposare o sei tu che non vuoi ch'io lo sposi?

LORENZO   È lui che non vuole.

ANNA Cosí, da un istante all'altro? Ah! impossibile!

15

LORENZO   Io ti ho già detto che non scherzo!

ANNA Ma io ti dico che è impossibile. Impossibile! Tanto impossibile quanto, come dice lui, che all'emisfero crescano le gambe.

LORENZO   Grazie! Credi dunque che io mi ci metta a procurarti dolori.

ANNA Ma è impossibile, ecco! Ma è impossibile! (Singhiozza, pausa.)

LORENZO   Ti dispiace molto?

ANNA Perché? Dimmi perché Alberto rifiuta categoricamente di vedermi! Dopo tanto tempo!

LORENZO   Non rifiutò categoricamente.

ANNA Come rifiutò allora?

LORENZO   Non rifiutò ma...

ANNA Come, non rifiutò?

LORENZO   Sai che Alberto era fidanzato o quasi alla contessina Armeni?

ANNA Non fidanzato e non quasi. A me lo raccontò subito. Le faceva un poco, un poco la corte. Ma non era donna per lui.

LORENZO   Chi te lo ha detto?

ANNA Lui stesso e poi io la conosco. Era nel mio collegio.

LORENZO   Sai perché quella donna non era per lui?

ANNA Vieni al fatto te ne prego.

LORENZO   La madre della contessina aveva avuto degli amanti.

ANNA La mia forse ne ha avuti?

LORENZO   No, ma noi abbiamo avuto in famiglia un altro triste caso.

ANNA Quale?

LORENZO   Il suicidio di tuo padre!

ANNA Cosa c'entra quello?

LORENZO   C'entra quanto c'entrava l'adulterio della madre della contessina.

ANNA Scusa ma non è vero. Tu certamente hai male capito quello che lui diceva. Devi sapere che gli scienziati pretendono che quando fanno del male i genitori lo fanno anche i figli. Ma io come potrei fare cambiali false quando non so farne nemmeno delle vere? Quando non ne ho ancora mai viste.

LORENZO   Ma Alberto dice che quando c'è un membro della famiglia che fa del male non occorre mica che l'altro faccia perfettamente la stessa cattiva azione. C'è tendenza al male... Sono teorie false, buone per dar da fare a uomini disoccupati quali sono gli scienziati. Ma loro ci credono. Ingannarli non si deve, perché la bugia ha le gambe corte e se lui, me lo disse or ora, apprendesse dopo sposato qualche cosa di male dei genitori della moglie non dormirebbe piú sonni tranquilli.

ANNA Se tutti pensassero cosí quante donne che resterebbero nubili. Emma Morsano per esempio: Sai che ella ha avuto un caso simile e con tutto ciò fra giorni si sposa.

LORENZO   Brava! Per sentire la sua opinione gli citai il caso della Morsano chiedendogli se egli la sposerebbe. Mai piú mi rispose. (Pausa.) Anna io adesso manderò ad avvisare il conte che non venga mai piú, nemmeno oggi.

ANNA (abbracciandolo pregando). Oh! non farlo! non farlo!

LORENZO   Ma credi che sarebbe onestà ingannarlo?

ANNA Ingannarlo?

LORENZO   Eh! sí, ingannarlo! Non ti pare che si chiami ingannare un uomo il celargli qualche circostanza per farsi sposare?

ANNA Allora fa come vuoi!

LORENZO   (dopo un istante di esitazione).. Vorrei vederti piú convinta e piú tranquilla.

ANNA Io vorrei parlare con Alberto.

LORENZO   Impossibile!

ANNA Lasciami parlare con Alberto perché è certo che io lo convincerci che ha torto! Come può un uomo per una causa simile fare tanto del male? È ridicolo! Ridicolo!

LORENZO   Vorresti pregarlo di sposarti?

ANNA Non credere che questo mi sia difficile. Io con Alberto parlo franca. È una franchezza che lui mi ha insegnata. Andrei da lui e gli direi: Senti, Alberto, tu non mi vuoi sposare perché pensi che io abbia qualche cattivo istinto? Ti inganni, gli direi, io di cattivi istinti non ne ho. Io ne saprei qualche cosa. Vedresti se non mi crederebbe; dice sempre che quando io apro la bocca è per lasciar passare il suono della verità.

LORENZO   Ti sposerebbe; ma dopo? I dubbi, i sospetti?

ANNA È perciò che io non voglio che tu gli dica nulla. A che cosa servirebbe? A rendere infelice me e scommetto anche lui. Via, Lorenzo! Non ti pare che sposando me sarebbe felice? Non è ingannare rendere qualcuno felice.

LORENZO   L'onestà non s'intende cosí.

ANNA Allora tu fa ciò che vuoi ma dopo, se lui mi abbandona, io, sai... (Piange.)

LORENZO   A questo punto siamo?

ANNA E ne dubiti? Io lo amo. Oh! te lo dico cosí, senza arrossire; mi ama pur lui tanto. Il dottore che verrà oggi a pranzo è professore a Padova. Sai perché è venuto? Soffrivo da una settimana dolori atroci alla spalla. Il dottore di casa diceva che proveniva da un'infreddatura. Una sera aumentò. Alberto se ne andò come al solito e ritornò il giorno dopo con questo dottore suo amico. Quando appresi che per quella sciocchezza lo aveva chiamato telegraficamente io mi misi a piangere dalla gratitudine. Nemmeno tu che pure mi vuoi bene avresti tanta cura della mia salute. Ora se tu ci dividi per chi ho da vivere? Credi sul serio che si trovi un altro uomo che mi possa amare tanto? Io che in principio non voleva nemmeno credere che un uomo scienziato che ha tutto quanto si può avere a questo mondo possa innamorarsi di me, povera poco spiritosa e nemmeno bella!

LORENZO   Via! via! un po' meno di modestia!

SCENA NONA

ELVIRA e DETTI

ELVIRA   Li ho veduti venire a questa volta! Cosa avete deciso?

ANNA Lorenzo!

LORENZO   Se tu assolutamente non vuoi che io parli, per il momento tacerò. Ma pensaci, Anna.

ANNA Cosa ho da pensare?

LORENZO   Pensa intanto che è per te che io per la prima volta in mia vita debbo ingannare qualcuno e che mi costa molto. Pensa d'altra parte che con questi precedenti sarà difficile ottenere una felicità coniugale. Tu sei troppo giovine per pensare tanto in là, ma dovresti avere almeno tanta ragionevolezza da abbandonarti al consiglio dei piú vecchi.

ANNA Io invece capisco che tu queste cose non le comprendi piú.

CALA LA TELA

ATTO SECONDO

SCENA PRIMA

ALBERTO, ELVIRA ed il dottor REDELLA

REDELLA   (cortesemente). Prima di partire desidero salutare la signorina ed il signor Lorenzo. Se me lo permette ritornerò fra un'oretta.

ELVIRA   Ci farà un piacere. (Redella s'inchina, stringe la mano ad Alberto e via.)

SCENA SECONDA

ALBERTO ed ELVIRA

ALBERTO   Senta, signora; io desiderava da molto tempo trovarmi solo con lei.

ELVIRA   Cosa abbiamo noi due da fare insieme?

ALBERTO   (ridendo). Nulla di male. Ecco, vede, lei sa, che io amo Anna?

ELVIRA   Ah! si tratta di ciò! Lo so perché l'ho indovinato ma non me ne hanno dato annunzio ufficiale.

ALBERTO   Allora signora mi vedo costretto a dirglielo io stesso. Era veramente dovere di Lorenzo perché a lui ne parlai già ieri e non capisco perché non l'abbia fatto.

ELVIRA   Eppure è cosa tanto facile il capirlo! Io vengo qui considerata quale l'ultima ruota del carro.

ALBERTO   Oh! questo poi no! Sarà stata una dimenticanza di Lorenzo o fors'anch'io sono un po' focoso e avrei dovuto attendere prima di parlargliene io, che lui lo faccia.

ELVIRA   Avrebbe dovuto attendere a lungo molto a lungo mi creda! Io vengo qui considerata quale l'ultima ruota del carro.

ALBERTO   L'ultima ruota del carro ha il medesimo ufficio della prima.

ELVIRA   Però è l'ultima.

ALBERTO   Io credo che lei s'inganni signora. Io almeno le posso garantire che non dimentico il rispetto che le devo; sarebbe del resto strano il trattare con poco rispetto la madre della propria sposa.

ELVIRA   Lei è piú buono di quanto appare.

ALBERTO   Ho l'aspetto da cattivo?

ELVIRA   Non da cattivo ma cosí, da poco rispettoso.

ALBERTO   Io poco rispettoso?

ELVIRA   Sí. Mi perdona nevvero se le parlo cosí franca? Già è per suo bene.

ALBERTO   S'accomodi!

ELVIRA   Lei è poco rispettoso e ciò che mi sorprende si è di vedere che lei crede di non esserlo. Che diavolo! Con le donne non si tratta mica come fa lei!

ALBERTO   E come faccio?

ELVIRA   Si capisce che lei con donne, dico donne come che va, ha avuto poco da fare. Ecco! L'aveva qua (mostra la gola) ed a qualunque costo doveva dirglielo.

ALBERTO   (imbarazzato). Io accetto la lezione ma... scusi, davvero che è curioso! Io signora come sa sono professore quantunque non eserciti di storia naturale. Ebbene, a noi professori viene insegnato di insegnare e ci apprendono prima di tutto che il vero non è soltanto la negazione del falso ma è anche il vero positivo.

ELVIRA   Cioè?

ALBERTO   Ci apprendono che per insegnare non basta dimostrare che una cosa non è vera ma anche quale sia la vera.

ELVIRA   E lei proprio non sa come si tratti con signore?

ALBERTO   Ma io fino ad oggi credeva che lo sapessi; adesso che lei asserisce che non lo so, non so altrimenti.

ELVIRA   Invece io scommetterei che lei fa cosí per superbia.

ALBERTO   (stizzito). Oh! io non la capisco piú!

ELVIRA   Ecco; per esempio quando questa frase è rivolta a una signora bisogna formarla cosí; giacché vuole che glielo insegni io lo faccio volentieri: (inchinandosi) Io, signora, gliene chiedo perdono ma debbo confessarle a mia vergogna che non ho capito. Sono un po' tardo lo capisco e mi serva di scusa. (Altro inchino.)

ALBERTO   Ma lei parla sul serio?

ELVIRA   E ancora crede che scherzo? Io era bimba cosí che mi insegnavano il modo di comportarmi e ancora me lo rammento; lei è piú giovane di me ed è male abbastanza che lo abbia dimenticato. (Con ira.) Scherzare!

ALBERTO   (scherzando). Allora mi pongo interamente a sua disposizione; mi insegni e si accorgerà che scolaro piú docile ed anche piú intelligente non potrebbe avere.

ELVIRA   (irosa). Io insegnarle? Non ci mancherebbe altro. Io insegnarle? Io insegnarle come lei debba trattarmi?

ALBERTO   Non si adiri, la prego. Non si adiri.

ELVIRA   Io non mi adiro.

ALBERTO   Le assicuro che se anche sono sorpresissimo di quanto lei mi dice sono anche di piú addolorato. Spero bene che ciò non potrà nuocere ai nostri buoni rapporti?

ELVIRA   La prego prima di voler dirmi quando i nostri rapporti furono buoni; quando lei si è occupato a renderli tali! Se non mi ha mai guardata quasi non esistessi! Provo dolore perché tutto ad un tratto è sorto questo vezzo di trattare cosí alla buona le signore! Una volta era tutt'altro! Bastava dar loro un'occhiata per farsi comprendere, per farsi ubbidire. Noi eravamo allora regine, dico regine perché di piú sulla terra non c'è. Ci comparivano dinanzi sulle ginocchia, ci indirizzavano delle poesie che a quanto pare oggi giorno loro non sanno piú fare. Pare addirittura che non esistano piú uomini.

SCENA TERZA

LORENZO, ANNA e DETTI

ALBERTO   Oh! finalmente! (Volta le spalle ad Elvira, senza ostentazione.)

ANNA (correndo subito oltre la scena). Ritorno immediatamente. Vado a deporre il cappello. (Via.)

ELVIRA   (a Lorenzo). Vi siete divertiti?

LORENZO   Annoiati straordinariamente. C'è in quella casa un'etichetta che stucca.

ELVIRA   L'etichetta non stucca. Sarebbe bene introdurne un poco anche in casa nostra. (Via.)

LORENZO   Cosa ha? Sembra adirata.

ALBERTO   Io non capisco nulla. Senti Lorenzo. Or ora la signora Elvira mi ha tenuto una parlata che mi ha oltremodo sorpreso. Davvero che manifestò un carattere, un carattere incosciente, a dire il vero non troppo bello.

LORENZO   Cosa ti disse?

ALBERTO   Io non capisco come una donna che abbia vissuto tranquilla, nel circolo della sua famiglia possa parlare a quel modo. Mi disse che io la trattava male e che ella non era abituata a venir trattata cosí, che anzi gli uomini di una volta le indirizzavano poesie, la trattavano da regina, le comparivano dinanzi sulle ginocchia ed altre simili cose. Dopo la tua assicurazione non avrei diritto di emettere un dubbio ma involontariamente lo ho, te lo confesso.

LORENZO   La tua confessione è però un'offesa e non avresti dovuto farmela.

ALBERTO   Offesa non è. Dubitare non equivale ad essere certo. In questo mese io ebbi appena tempo di conoscere Anna; è la prima volta che avvicino un poco la signora Elvira. Ella mi parla in maniera da farmi pensare male sul suo conto. Se non ci fosse la tua testimonianza io già penserei male. Ma c'è quella e la mia credenza si trasforma in dubbio e ti comunica questo mio dubbio. Ti offende la mia franchezza?

LORENZO   No, ma se è vero che ami Anna come puoi pensar male della madre?

ALBERTO   Piú facilmente di quanto puoi immaginare. Se la scienza mi dicesse: Prendi ed esamina il rampollo di una razza e troverai tutti i caratteri di tutta la razza allora io questo dubbio non lo avrei. Penserei dopo studiata Anna che la madre deve essere la donna perfetta. Ma cosí non è. Un rampollo non prova nulla mentre trasmette ai discendenti il carattere dei precedenti.

LORENZO   Quale stranezza! quale stranezza!

ALBERTO   Stranezza? È scienza!

LORENZO   (iroso). Tranquillizzati! Tranquillizzati dunque perché ti assicuro che la signora Elvira è stata sempre onesta, tanto che se lo desideri io la sposo subito domani.

ALBERTO   Tanto non occorre perché ti credo. Un uomo tanto onesto quanto sei tu non mentirebbe con tanta facilità. Ma come spieghi i suoi strani discorsi?

LORENZO   (con gesto espressivo). È un poco debole di cervello!

ALBERTO   Ma questo è anche male, è molto male.

LORENZO   È divenuta cosí per i dispiaceri avuti negli ultimi anni.

SCENA QUARTA

Il dottor REDELLA e DETTI, poi ANNA

REDELLA   Vengo a salutarli signori. Alle sei parte il treno.

LORENZO   E non potrebbe rimanere ancora un giorno?

REDELLA   Impossibile! Sa che sono qui da quindici giorni? Devo tornare al mio posto e mi dispiace perché la città è molto bella.

LORENZO   (contento). Ah! le piace?

REDELLA   Sí, c'è un museo molto ricco.

ANNA Mi perdonino se li ho fatti attendere. Buon giorno! (A Redella.) Lei è di partenza? Le manifesto tutta la mia gratitudine per la pronta guarigione che mi ha procurata.

REDELLA   Non sente piú dolori?

ANNA Affatto.

ALBERTO   Bada che non ritornino o che io ti chiamo nuovamente.

LORENZO   (con subita ispirazione). Signor dottore lei che è un uomo di scienza che cosa pensa intorno alle teorie dell'eredità?

REDELLA   Che cosa ho da pensare?

ALBERTO   (ridendo). Lorenzo spererebbe di trovare in te un avversario a queste teorie.

LORENZO   C'è Alberto che mi disturba parlandomi continuamente di queste sciocchezze.

REDELLA   Sciocchezze la teoria dell'eredità? (Adirato.) Scusi signor Lorenzo ma mi sembra che non pensi a quanto lei dice.

LORENZO   (spaventato). Perdoni, perdoni non voleva offenderla!

REDELLA   (un poco sorridente). Io non mi offendo ed anzi le chiedo scusa del mio ardore. Ma è naturale. Sono teorie che amo molto e che certamente non meritano di esser dette sciocchezze.

LORENZO   Saranno ingegnose lo ammetto.

REDELLA   (di nuovo con calore). Non ingegnose, non ingegnose. Sono giuste o signore. È questo il termine appropriato.

LORENZO   Oh! la giustezza certo?

REDELLA   (caloroso). Convincerla in pochi istanti non posso; meglio che non ne parliamo. (Lorenzo è sorpreso.)

ALBERTO   (ridendo). Devi badare come parli quando sei con uomini di scienza.

REDELLA   Oh! non sono offeso! non sono offeso!

LORENZO   Sarebbe anche molto strano!

ALBERTO   Ma non nuovo! Redella un giorno gettò un calamaio sulla testa ad un suo amico che derideva le scoperte geologiche degli ultimi anni e pretendeva essere l'uomo uscito perfetto dalle mani del Creatore.

LORENZO   Non parliamo di scienza!

REDELLA   Era molto piú giovine allora; adesso so discutere piú calmo di molto.

LORENZO   È certo però che io non potrei sostenere una discussione con lei. È dunque inutile discutere.

REDELLA   Prego, la discussione è sempre utile.

LORENZO   Ma lei da queste teorie prenderebbe norma per la vita?

REDELLA   In certi casi sicuramente. Se avessi da comperare un cavallo per esempio o se avessi da prender moglie vorrei avere per sicurezza la storia di due loro generazioni precedenti.

ANNA (agitata). E tu pensi nel medesimo modo?

ALBERTO   Ma certamente!

ANNA (quasi piangendo, chiama in disparte Lorenzo). Lorenzo! Senti... (Piano.) Io condurrò da mamma il dottore e tu raccontagli tutto.

LORENZO   Cosa tutto?

ANNA Di mio padre! E dopo faccia ciò che vuole! Io non voglio ingannare!

LORENZO   Oh! brava Anna! brava!

ANNA Vuole venir a salutare mamma?

REDELLA   Anzi! (Alzandosi va verso la porta dopo Anna e quindi si ferma.) Non viene anche Alberto?

ANNA (sempre piú commossa, ad Alberto). No, lei rimanga, la prego. Lorenzo deve dirle qualche cosa!

SCENA QUINTA

ALBERTO e LORENZO

ALBERTO   Cosa hai da dirmi?

LORENZO   Oh! Poche parole! tante che bastino a spiegarci. Ma anzitutto voglio scusarmi di averti ingannato, perché io ti ho ingannato!

ALBERTO   Tu mi hai ingannato?

LORENZO   Sí, asserii cosa che non era vera per indurti a sposare Anna.

ALBERTO   Dunque la madre di Anna?

LORENZO   Capisco che hai capito. Adesso è inutile ogni altra spiegazione. Puoi andartene o rimanere a tua scelta.

ALBERTO   Ma fammi il piacere di non correre tanto. La fretta non può che nuocere. Prima di continuare non voglio risparmiarti un serio rimprovero che meriti. Tu sai di avermi ingannato ma forse non rammenti la confidenza che io ti dimostrava; ingannare un uomo in quello stato è doppio inganno.

LORENZO   Vuoi una riparazione? Per quanto vecchio io sia sono pronto a dartela.

ALBERTO   Non facciamo fanciullaggini, rodomontate, che questa non ne è l'ora. Io ti ho fatto questo rimprovero perché tu lo meriti; l'unica soddisfazione che esigo è che tu sii in chiaro di avertelo meritato; e tu lo sei mi pare.

LORENZO   Meno di quanto pensi. Io vedeva da una parte una ragazza alla quale si rapiva la felicità e che soffriva, dall'altra un uomo che aveva tanta scienza da averne perduto il buon senso; naturalmente non esitai un istante ad ingannarti.

ALBERTO   Anna dunque stessa sapeva che sua madre non valeva meglio della contessa Armeni.

LORENZO   Di ciò ella non sapeva nulla. Quando tu mi spiegasti quella tua scienza positiva immediatamente mi rivolsi ad Anna. Io credeva che nulla era piú facile che rompere il progetto di matrimonio; le diedi ad intendere che tu non l'avresti sposata se avessi saputo che suo padre era morto in prigione e le chiesi il permesso di raccontartelo. Per una causa o per l'altra avrei ottenuto ciò che voleva. Invece Anna mi negò questo permesso e pianse finché cedetti e t'ingannai. Davvero con una certa voluttà o almeno con quella indifferenza con cui si addolcisce ai bimbi l'orlo del bicchiere dal quale hanno da bere una medicina che ha da guarirli. Se avessi avuto qualche rimorso, la vista della felicità di Anna me lo avrebbe fatto passare; perché io amo molto Anna; forse ciò mi varrà di scusa anche ai tuoi occhi. Fu essa, angelo di bambina, che volle che ora ti parli. La offendesti poco fa con la tua scienza. Mi disse di raccontarti del padre, cosí che non avremo in nessun caso bisogno di farla arrossire della madre.

ALBERTO   Adesso io posso sperare da te franchezza? Perché avrei ancora qualche domanda a farti.

LORENZO   Mi posso figurare quale. Io sono stato l'amante della signora Termigli e me ne vanto. Ciò mi produsse l'unica vera felicità della mia vita perché io sono il padre di Anna.

ALBERTO   (con stupore). Ah! Tu sei suo padre?

LORENZO   (esitante). Oh! ne sono sicuro, e se anche avessi qualche dubbio ciò non mi rovinerebbe la mia felicità. Io ho poca scienza ma anche pochi pregiudizi. Intanto mi faccio amare da essa quale tutore, e mi adora sai. Io non domando di piú. Posso amare un oggetto degno di amore come confessasti tu stesso e non indago; mi ama ed io l'amo. L'amo tanto te lo ripeto che se tu lo volessi le darei il mio nome onorato, sposandone la madre.

ALBERTO   Ebbe te solo per amante la madre nevvero?

LORENZO   (lo fissa un istante con stupore). Davvero che mi fai compassione. Io scommetto che tu deplori non di essere stato ingannato ma di essere stato disingannato.

ALBERTO   (semplice). È vero! Ma è perché sono un uomo disgraziato.

LORENZO   Non disgraziato. Se non fossi cosí sciocco da prendere per realtà i sogni di questa specie di nuovi profeti che alligna sotto il nome di scienziati. A me intanto non incombe altro obbligo che di dirti la verità, tutta la verità. La madre di Anna ebbe molti amanti.

ALBERTO   Ma solo dopo morto il marito?

LORENZO   E di nuovo. No, no, Alberto, da quella parte non ti salvi. Basterebbe uno sguardo di Anna per convincerti che ella è degna di essere adorata. Ma bisogna confessare che è meraviglia che sia sortita da tale madre. La signora Termigli fu disonesta e rovinò col suo lusso sfrenato il marito. Voglio dopo questa spiegazione non aver piú nulla a rimproverarmi. Adesso cosa farai? (Anna appare sulla porta.)

ALBERTO   Lasciami tempo a decidere.

LORENZO   (che ha visto Anna). Però cosa ho da dire ad Anna?

SCENA SESTA

ANNA e DETTI

ANNA Ad Anna nulla. Non occorre nulla dirle. Se ha da dirmi qualche cosa io sono qui.

ALBERTO   Oh! Anna!

ANNA Prego, mi parli senza riguardi; ha inteso che sono io che ho voluto che Lorenzo le racconti tutto. (Molto commossa.) Io credeva che lei fosse andato già via, e per questo sono venuta di qua, altrimenti non veniva.

ALBERTO   Ecco! io ti credeva diversa. Adesso già assumi un tono da donna offesa come se io volessi offenderti. Tu sai che io ti amo, che se avessi ad abbandonarti io ne soffrirei piú di te.

ANNA Se avessi ad abbandonarti?

ALBERTO   Io non dissi ancora nulla. Non decisi ancora nulla.

ANNA Ma io ho deciso. Oh! non mica perché sono convinta della serietà delle ragioni che la inducono a lasciarmi. Ma io aveva sognato qualche cosa diverso di molto. Io non voglio venir sposata con esitazioni, con scrupoli. Anche Lorenzo mi disse che cosí la felicità non verrebbe in casa nostra. (Piange.)

LORENZO   Sí, è meglio che vi lasciate finché siamo in tempo è meglio di evitare un matrimonio disgraziato.

ANNA (piangendo). Sí, è meglio, è meglio.

ALBERTO   Adesso quando si trattava precisamente di ragionare, di riflettere con serietà, queste ire sono fuori di proposito. Io non commetto tanto facilmente errori; dunque se sposerò Anna sarà segno evidente che io sarò convinto di farlo per la mia felicità.

SCENA SETTIMA

Dottor REDELLA e DETTI

REDELLA   Io me ne vado, signori.

ANNA Buon viaggio, signor dottore. Ma mi dica prima di partire, non ci sarebbe una medicina con la quale si potesse levarsi i cattivi istinti?

REDELLA   Perché?

ANNA Se ve ne è me la indichi perché c'è una persona che ne avrebbe bisogno. Non mi dia bada perché parlo per ischerzo. Stia bene signor dottore. Ti attendo in stanza di mamma Lorenzo. (Via.)

LORENZO   Ho il piacere di aver fatto la sua conoscenza e spero di poter rivederla. Se lei passa, in un'occasione od altra per la nostra città, verrà senza dubbio a trovarci?

26

REDELLA   Mi procurerò questo piacere non v'ha dubbio. (Lorenzo via.)

ALBERTO   (come smemorato va verso la stanza di Anna.)

REDELLA   E tu non vieni ad accompagnarmi? O almeno non mi saluti?

ALBERTO   Oh! perdona! Senti Redella. Sai che anch'io penso che noi abbiamo torto di credere alla teoria dell'eredità e dell'atavismo?

REDELLA   Perché? Hai letto qualche libro confutativo?

ALBERTO   No, ma ho avuto campo di fare delle osservazioni che la negano.

REDELLA   Sí! Davvero! Abbiamo torto. Dimmele queste tue osservazioni; sai bene che io sono sempre pronto a lasciarmi convincere.

ALBERTO   Sono piú riflessioni che osservazioni. Io dico che vi sono senza dubbio delle eredità organiche ma che l'educazione e l'esempio valgono a lottare con qualunque difetto ereditato.

REDELLA   E queste dici tu riflessioni tue proprie? È un plagio perché cosí si pensava duecento anni or sono. Dove hai pescato queste sciocchezze?

ALBERTO   Se anche le giudichi sciocchezze ciò non toglie che sono proprio da me pensate; da me che pure al pari di te conosco tutti i progressi della scienza. Di mio aggiungo un'altra riflessione. Voi vi compiacete tanto, io oggi dico, nell'idea dell'assoluto che onde non perderla, neghereste la verità riconosciuta che si sottraesse alle vostre regole.

REDELLA   (adirandosi). Io non ho mai negato una verità riconosciuta; forse lanci quest'accusa onde far tacere la tua coscienza che indubbiamente te ne fa una eguale. Un antico greco del quale non ci venne trasmesso il nome aveva studiato tutta la sua vita ed aveva fama di scienziato. Un bel dí gli cadde una tegola sul capo e pfusc! addio scienza; per un effetto meccanico aveva perduto la memoria. Che fosse anche a te caduta qualche tegola sul capo?

ALBERTO   Ah! non scherzare!

REDELLA   E cosa ho da pensare se non solamente dimostri di aver dimenticati tutti i risultati datici dalla psichiatria ma che anzi ti poni in diretta contraddizione con essi? Spiegare a te di nuovo tutta la teoria, quando ieri ancora dimostravi di conoscerla, sarebbe ridicolo. Io penso che tu scherzi.

ALBERTO   E tu pensa ciò che vuoi. Io so intanto che le leggi dell'eredità vennero scoperte sulle bestie. Pochi matti si sono azzardati applicarle all'uomo. Senza fare eccezioni si ammisero per i cavalli e si capisce, perché là la potenza che possiamo esercitare mediante l'educazione è minima; ma per l'uomo nel quale esiste il volere, la potenza modificatrice per eccellenza, la legge patisce tante eccezioni che diventa eccezione essa stessa.

REDELLA   Ah! bah! tu sragioni! tu cadi nell'errore fondamentale antropocentrico.

ALBERTO   Tu sragioni! Presuppone la mia osservazione che l'uomo sia il centro della creazione? No, ma senza dubbio l'uomo oggidí è diverso dalle bestie; ha facoltà di cui in alcune di esse v'è tutt'al piú rudimenti. Ogni cosa diversa merita trattamento diverso o che con questo metodo finiremo con l'adoperare 300 gradi di calore per sciogliere il burro perché cosí facciamo per liquefare metalli.

REDELLA   L'esempio non calza. Vi sono leggi applicabili a tutte le cose, vi sono leggi applicabili agli esseri organici, altre ve ne sono per gli esseri viventi ed infine alcune per gli uomini soltanto. Questa mania di accomunare le cose non l'ha certamente la scienza. Non divagare! La scienza ti dice: Questa è una legge generale applicabile a tutti gli esseri viventi e tu, se lo puoi, attaccala; ma non attaccarne una che essa non ha posta; perché essa non asserí giammai che si debba sciogliere il burro a 300 gradi.

ALBERTO   Era dato a guisa di esempio. Io non aveva altro a dirti all'infuori che io non credo alle vostre leggi, alle vostre osservazioni, alle vostre statistiche. Le leggi le ponete ben grosse, importanti, e piú diversificano dal comune modo di pensare piú vi piacciono. Le vostre osservazioni le fate attraverso alle lenti dei vostri pregiudizi facendo precedere la sintesi all'analisi. Le vostre statistiche mi fanno ridere.

REDELLA   E perché signor mio?

ALBERTO   Perché voi studiate gli atti degli uomini e non gli uomini. A te sembra la medesima cosa l'atto che commette l'uomo e l'uomo stesso?

REDELLA   Non ho mai detto questo. L'uomo è l'antecedente! Il fatto è la conseguenza del fattore.

ALBERTO   Sei troppo esplicito carissimo. Non è vero, l'idea della palla per te va intimamente congiunta a quella del rotolare?

REDELLA   Senza dubbio!

ALBERTO   E quella del corpo a base piana a quella della fissità?

REDELLA   Senza dubbio!

ALBERTO   Ebbene, prendi un corpo piano e ponilo su di un'erta tale che perda l'equilibrio e rotolerà. Prendi la palla, ponila su un piano orizzontale e starà ferma. Dunque il fatto casualmente può essere del tutto diverso da quello che si prevedeva dopo studiate le qualità di un corpo.

REDELLA   Ciò è molto sottile, tanto sottile che credo non basti condurti a conclusioni maggiori.

ALBERTO   No, perché la conclusione massima è già fatta. Io dico che l'uomo può essere un corpo rotondo ad una base piana. Tende a rotolare, a fare del male supponiamo, o tende a star inerte sulla via prescrittagli dalla legge; invece, se tende a stare inerte capita in posizione verticale e precipita, se tende a rotolare il piano orizzontale glielo impedisce.

REDELLA   Ah! Ah! quali sciocchezze!

ALBERTO   Non ridere perché il tuo riso non mi convince. Del resto non mi convincerebbero nemmeno i tuoi argomenti. È dunque inutile che discutiamo; io mi tengo la mia convinzione, tu tieni la tua.

REDELLA   Ma la tua è una convinzione sciocca; tu, lasciatelo dire, sei moralmente decaduto. Che l'amore ti avesse posto in questo stato?

ALBERTO   (con violenza). Che c'entra qui l'amore? Oh! l'amore all'umanità sí! Dacché mi si aprí la mente a riconoscere la verità, davvero che mi sento migliore, e piú libero.

REDELLA   Migliore può essere! Hai riacquistato la bontà dell'ignorante! Ti sarà riservato un posto nel regno dei cieli. (Poi.) Davvero che provo un reale dolore al vederti in questo stato. Io ti voglio bene! È impossibile lasciarti nei paradossi in cui ora navighi a gonfie vele.

ALBERTO   Non curarti di me! Io ora sono felice!

REDELLA   Ma anche per amore della scienza io non posso lasciar vituperare la statistica in questo modo.

ALBERTO   Basta! Basta!

REDELLA   Mi lascerai finire? Io ho il dovere di parlare. Sappi che la statistica non viene mica condotta tanto superficialmente quanto tu credi. Se un uomo commette un delitto, la statistica raccoglie tutti i dati che può ottenere intorno a quest'uomo e distingue l'uomo che ruba il pezzo di pane quando ha fame da colui che lo ruba per rubarlo.

ALBERTO   Insomma io non vi credo.

REDELLA   Ma sei impazzito? (Dopo una piccola pausa.) Eppoi anche chi ruba per bisogno modifica in tale modo l'organismo che alla seconda generazione anche non essendovi il bisogno potrà comparire il delitto. È precisamente il corpo a base piana che rotolando si arrotonda.

ALBERTO   Sogni sono questi!

REDELLA   (adirato). Carissimo mio capisco che con te è fiato sprecato. Per tuo bene però ti consiglio di studiare il carattere dei nonni quando comperi cavalli e pel bene dei tuoi figliuoli dei genitori quando prendi moglie.

ALBERTO   (agitatissimo). Tu mi consigli questo? Bada Redella che io principio a credere che tu voglia offendermi.

REDELLA   Io offenderti?

ALBERTO   Certe allusioni non le so sopportare.

REDELLA   Allusioni? (Dopo un istante di esitazione rimane confuso.) Principio a comprendere. (Pausa.)

ALBERTO   (accorgendosi che Redella ha capito). Hai veduto quale angolo facciale, quale occhio diritto, quale voce incorrotta e tono eguale?

REDELLA   Certamente! Hai ragione! Io sono stato un po' ingiusto! Sai come è nelle discussioni che si vuole mantenere il proprio punto. La teoria dell'eredità ammette ogni dubbio! Altro che ne ammette!

ALBERTO   Vedi che ti ho convinto?

REDELLA   (un istante ripugnante). Convinto? Eh! certamente! Sono convinto, convinto, convinto. Addio Alberto e sii felice!

ALBERTO   Felice? Lo sarò certamente! Dovrai fra qualche settimana rifare la tua strada per venire ad assistere al mio matrimonio.

REDELLA   Con tutto il cuore se avrà tempo.

ALBERTO   Dunque accetti il mio sistema? Rinneghi almeno in gran parte l'atavismo?

REDELLA   Cosa c'entra qui l'atavismo? Senti, Alberto, una mia idea. Dalla creazione del mondo
in poi vi sono stati tanti malfattori che sarebbe impossibile trovare per sposa una donna di cui
qualche antenato non lo sia stato.

ALBERTO   Io non abbisogno di questa osservazione; dopo studiato l'oggetto stesso non
m'interessa piú la sua derivazione. Questa è la mia teoria.

REDELLA   Mi comunicherai esattamente il giorno in cui avverrà il tuo matrimonio?

ALBERTO   Certamente!

REDELLA   Addio Alberto mio! (Si abbracciano.)

ALBERTO   Addio! (Redella via.) Anna! Anna!

Viene Anna e rimane esitante sulla soglia.

ALBERTO   (le prende una mano e si inginocchia). Perdonami! perdonami!

ANNA Se ti perdono? Ma sei convinto, sei sicuro che formi con me la tua felicità? Hai intera
fiducia in me?

ALBERTO   Oh! intera! intera!

ANNA (dubitando). Bada, Alberto, siamo ancora in tempo!

ALBERTO   Per far che? Per far che? Io non ti avrei abbandonata mai piú! nemmeno se avessi
ancora continuato ad avere quelle convinzioni esagerate! Guarda! raramente per la mia felicità ho
da ringraziare qualcuno all'infuori di me stesso! Quando ciò mi accade, dal mio cuore esce come un
inno di ringraziamento alla natura. Ecco! Deploro che tu non possa udire quell'inno di gioia che ora
vi sorte per averti incontrata la prima volta per caso. Ti rammenti? Alla stazione.

CALA LA TELA